L'ARMÉE FRANÇAISE

EN

ESPAGNE,

ODE,

Par M. J. LAVAL.

A PARIS,

CHEZ GOUJON, LIBRAIRE

DE LL. AA. RR. Mmes LES DUCHESSES DE BERRY ET D'ORLÉANS,
RUE DU BAC, N° 33.

1824.

L'ARMÉE FRANÇAISE

EN

ESPAGNE,

ODE.

Aɪɴsɪ la Fortune, fidèle
Au Héros le plus généreux;
Vengea l'éclatante querelle
D'un roi vaillant et malheureux,
Quand Vᴇɴᴅôᴍᴇ, sous ses auspices,
Rassemblant les secours propices
De l'Espagnol encouragé,
Au seul héritier véritable
Rendit un trône respectable,
De drapeaux conquis ombragé (1).

Où sont-ils ces foudres de guerre
Qui devaient, avec leurs succès,
Consacrer dans toute la terre
Le déshonneur du nom français?
A l'aspect d'un Prince intrépide
Ils ont fui d'un essor rapide
Loin d'un rivage épouvanté,
Tandis que d'une horde impie
Un juste châtiment expie
L'exécrable infidélité (2).

Troupe faible!... une prompte fuite
A beau précipiter vos pas,
Notre inévitable poursuite
Déjà vous dévoue au trépas.
Logrono, honteuse retraite (3),
Où votre sanglante défaite
Signale nos premiers exploits,
Logrono de vos funérailles,
Au sein même de ses murailles,
A payé le mépris des lois.

Au seul bruit de notre victoire,
Voyez ces escadrons épars,
Qui vont, loin des fils de la gloire,
Cacher leurs lâches étendards...
Nos preux, attachés à leur trace,
Vainement provoquent l'audace
Dont leurs cœurs semblaient allumés;
Monstres! vous n'aviez de courage
Que pour assouvir votre rage
Sur des citoyens désarmés.

Frémissez! votre jour suprême
Va se lever gros de revers.
Que dis-je? il se lève, ANGOULÊME
De l'Espagne a brisé les fers.
A sa voix, l'ardeur unanime
De la Castille magnanime
Détruit ce marbre détesté (4),
Qui devait porter d'âge en âge
Le titre de son esclavage
Sous le doux nom de liberté.

J'entends l'humble reconnaissance
De tout un peuple délivré
Bénir la Divine Puissance,
En répétant l'hymne sacré :
Et tandis que de cent provinces
Madrid au vengeur de ses Princes (5)
Vient offrir l'amour et la foi ;
Le cri touchant de l'Espérance,
Qui suit le Héros de la France,
Prélude au retour de son Roi.

Ainsi, lorsque notre patrie
Vit, après des jours orageux,
Revenir la race chérie
Qu'appelaient ses plus tendres vœux,
ANTOINE, ton illustre père
Devança les pas de son frère,
De joie et de lis entouré (6) :
Tous les cœurs d'un tribut d'hommage
Saluaient dans sa noble image
Louis si long-temps desiré.

Cependant la haine alarmée
Par ses remords et nos bienfaits,
Contre son Roi plus animée,
Aspire à de plus grands forfaits.
Aux rives lointaines d'Alcide
Les Cortès, horde parricide,
A les suivre l'ont condamné.
Le noble FERDINAND s'offense;
Et le monarque sans défense,
O crime! tombe détrôné (7).

Que vois-je? en leurs mains le fer brille,
Leurs regards brûlent de fureur.
Un Roi, son auguste famille,
Sont traînés d'horreur en horreur!...
Tu poursuis, milice inhumaine,
Les jeunes vertus de ta Reine,
Des Princes, des enfants en pleurs,
Une mère souffrante encore (8),
Son fils à peine à son aurore,
Mais déjà vieux de ses malheurs.

Bientôt cette cité guerrière
Qu'entourent les monts et les eaux,
A fermé sa triple barrière
Sur les captifs et les bourreaux.
Tremble, Cadix! ville infidèle,
Si tu vis en ton sein rebelle
Naître une horrible faction (9),
Dieu, par un retour mémorable,
Te rend le témoin déplorable
De sa juste punition.

Des Français la brillante élite,
Qu'enflamme l'amour des hasards,
Sous un Bourbon se précipite
Aux pieds de tes fameux remparts.
Des Cortès l'aveugle démence (10)
Seule répond à la clémence
De ses conseils officieux :
Il vole, instruit, dispose, ordonne ;
Le signal invoqué se donne,
Nos preux combattent à ses yeux.

Dans l'onde CARIGNAN s'élance,
Impatient de longs retards :
Mille rivaux de sa vaillance
Secondent OBERT et D'ESCARS (11).
A notre attaque inattendue,
Le chef d'une troupe éperdue
De terreur a soudain pâli :
Sous le fer son premier rang tombe,
Le reste s'enfuit, ou succombe
Dans les marais enseveli.

Alors, d'une voix douloureuse,
Un perfide et vieux sénateur :
« Cessez, phalange malheureuse,
« De braver un triomphateur,
« Dit-il, Prince vaillant et juste,
« Nourri dans sa famille auguste.
« Des exemples du grand HENRI,
«ANGOULÊME a glacé nos âmes,
« En volant au milieu des flammes
« Orné du panache d'Ivry.

« Partout les champs de l'Ibérie

« Attestent, par mille combats,

« Et notre impuissante furie

« Et la valeur de ses soldats.

« Oui, c'est en vain que notre ráge

« Fonde sur la mer et l'orage

« L'espoir de nos derniers complots :

« Le Ciel, assurant ses conquêtes (12),

« Pour lui fait taire les tempêtes,

« Et l'Océan calme ses flots.

« C'en est fait, Cadix en alarmes

« Sous ses foudres tombe ébranlé ;

« Le crime, dompté par ses armes,

« A fui pour jamais exilé.

« La royauté n'est plus captive :

« Aux yeux de l'Europe attentive,

« Dont il comble l'heureux espoir,

« Un BOURBON, fier de ses trophées,

« Sur les discordes étouffées,

« A FERDINAND rend le pouvoir. »

A ces mots, le vieillard s'arrête,
Le front altéré de pâleur,
Et, sur ses mains baissant la tête,
Cache sa honte et sa douleur.
Mais tandis qu'aux Rochers d'Hercule
Le monstre des troubles recule
Épouvanté de nos travaux,
La France, aux pieds des Pyrénées,
De ses cohortes fortunées
Applaudit les succès nouveaux.

Ah! puissé-je, héros sublimes,
LAROCHE, DAMAS, LAURISTON,
Avec vos exploits, dans ces rimes,
Consacrer mon zèle et mon nom!...
Mais j'entends gronder cent tonnerres;
Les murs du superbe Figuères,
Sous le joug ont déjà fléchi;
Lérida cède, et Pampelune
Console de son infortune
L'ombre du généreux CONCHY (13).

Et toi, Barcelonne indomptable,
Qui jurais d'être notre écueil,
De MONCEY le bras redoutable
A terrassé ton vain orgueil :
Malgré tes menaces hautaines,
Le Nestor de nos capitaines
A franchi tes remparts soumis ;
Tout succombe, et notre courage,
Jusques au plus lointain rivage,
A dissipé nos ennemis.

Allons, sous les sacrés portiques,
Au Dieu trois fois saint des guerriers
Offrir et nos humbles cantiques
Et nos pacifiques lauriers.
Redisons la révolte armée,
Qui, dans sa haine envenimée,
Aux Rois déjà forgeait des fers,
Quand soudain JÉHOVAH se lève,
Et remet aux Français le glaive
Qui venge et sauve l'univers.

NOTES.

---

(1) Ce fut après cette bataille (Villaviciosa) que Philippe, excédé de fatigue, témoignant le besoin de dormir : « Sire, « lui dit Vendôme, je vais vous faire préparer le plus beau « lit où jamais Roi ait couché ; » et il fit étendre à l'ombre d'un arbre les drapeaux nombreux enlevés à l'ennemi.

(Histoire de France, par Anquetil.)

(2) Au passage de la Bidassoa, les transfuges français reçurent notre armée en proférant des cris séditieux et en étalant des signes proscrits. Plusieurs d'entre eux furent tués.

(3) Les constitutionnels espagnols réfugiés dans Logrono, accueillirent à coups de fusil le parlementaire français. Notre armée força les murs de cette ville, où l'on se battit avec acharnement.

(4) La pierre de la constitution.

(5) Entrée de S. A. R. Mgr. le Duc d'Angoulême à Madrid.

(6) Entrée de S. A. R. MONSIEUR à Paris, le 12 avril 1814.

(7) Séance des Cortès du 11 juin, où, sur le refus de Ferdinand de les suivre à Cadix, on prononça la déchéance de S. M.

(8) L'auguste épouse de François de Paule venait de donner naissance à un Prince qui porte le nom de Duc de Séville.

(9) C'est à l'île de Léon qu'éclata en 1820 la révolte de l'armée qui était sur le point de partir pour l'Amérique. Alors fut proclamée la constitution que les révolutionnaires forcèrent Ferdinand à signer.

(10) Folles propositions des Cortès à S. A. R. Mgr. le Duc d'Angoulême.

(11) Attaque et prise du Trocadéro.

(12) Attaque et prise du fort Sancti-Petri.

(13) M. le lieutenant-général Conchy, mort d'une maladie de poitrine au milieu des préparatifs du siége de Pampelune

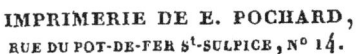

IMPRIMERIE DE E. POCHARD,
RUE DU POT-DE-FER St-SULPICE, No 14.

www.ingramcontent.com/pod-product-compliance
Lightning Source LLC
Chambersburg PA
CBHW061737180626
46818CB00006B/2662